MONSTRUARIO

ÀNGELS NAVARRO

ILUSTRACIONES EVA SANS

Este libro pertenece a alguien que está dispuesto a entrar en un mundo monstruoso... Gira la página y prepárate para vivir la experiencia más escalofriante de tu vida. ¡Te morirás de miedo... o de risa!

COMBEL

¿QUIÉN ES QUIÉN?

¿Sabrías identificar a cada monstruo y descubrir su nombre con las descripciones de cada tarjeta?

BOR Es un espécimen de potente boca de cocodrilo con grandes dientes, y tiene unas alitas tenues y membranosas. Pasa gran parte del tiempo en el aire batiendo sus alas. Le encantan las leyendas de dragones.

RALF Se desplaza dando grandes zancadas con manos y pies. Tiene más de dos cuernos en la cabeza y una inmensa dentadura. Su piel es viscosa, ligeramente llena de un pelo tan duro como las púas de un cactus. Le gusta sumergirse en el lodo, por eso es de color verde.

ELDA Tiene un solo ojo, y su cuerpo y cola en forma de pez están cubiertos de escamas impermeables. Usa perfume de sanguijuela. Le encantan los retos y sufre de una insaciable sed, por lo que siempre la verás bebiendo refrescos.

JUP Tiene medio cuerpo lleno de escamas. Le encanta el pescado y lo engulle sin cocinar. Su principal afición es la pesca. Frecuenta las playas de grandes olas, en las que encuentra pescado y practica surf.

VIK Aspira a tener el porte de un rey vikingo. Se enfurece cuando tiene hambre o sueño. Luce un par de cuernos en la cabeza. Su cuerpo es encorvado y tiene unas poderosas extremidades superiores que le permiten jugar al frontón.

LENA No ha llevado nunca faldas. Es una gran cocinera: a diario prepara la comida para cuarenta monstruos hambrientos que acuden a su restaurante. Solo le quedan tres dientes porque nunca se los limpió: no le gustaban los cepillos...

SUN Es dormilona y muy tímida, enrojece simplemente por mirarla. También es muy presumida. Es familiar de Vik, concretamente, sobrina, y tiene los pies tan grandes que no encuentra zapatos a su medida.

PANT Es la más joven de todos. Sueña con ser bailarina; sus largos brazos y su enorme flexibilidad le permiten hacer piruetas. Es prima de Bor y le encantan los chistes.

GLEN Tiene una larga y gruesa cola que usa para mover y trasladar cosas pesadas. Gracias a ella, siempre encuentra trabajo. En sus ratos libres canta ópera y su gran ilusión es poder actuar ante el público de un gran teatro.

¡BABA DE MONSTRUO!

¿Quieres fabricar la mezcla más asquerosa que nunca hayas visto?
Pues prepárate, ¡la diversión está servida!

¿Qué necesitas?

- Un vaso
- Un bol grande
- Una taza
- Agua
- Harina de maíz (Maizena)
- Colorantes alimentarios

1 Llena una taza de harina de maíz y viértela en el bol.

2 Añade medio vaso de agua y mezcla bien con las manos. Es algo asqueroso, ¿verdad?

3 Añade unas gotas de colorante y vuelve a mezclar. ¿Qué aspecto tiene?

La harina, junto con el agua, se convertirá en una masa extraña, ni líquida ni sólida, digna de una película de miedo.

Puedes usar distintos colores para cambiar la apariencia de la masa, pero no los mezcles.

¿Cómo lo ves?

Si estrujas la masa, se volverá sólida. Si la tomas entre tus manos y la haces rodar, podrás construir una bola, pero si la sostienes ligeramente en alto con la mano encima del bol, fluirá como un líquido espeso, como una auténtica «baba de monstruo».

baba

baba

La masa no es tóxica, pero su sabor es desagradable. ¡No la pruebes!

MUTACIÓN MONSTRUOSA

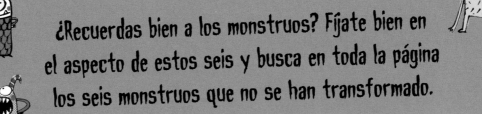

¿Recuerdas bien a los monstruos? Fíjate bien en el aspecto de estos seis y busca en toda la página los seis monstruos que no se han transformado.

CALIFICATIVOS MONSTRUOSOS

Recompón estos calificativos que describen a nuestros monstruos completando los espacios vacíos con las sílabas correctas.

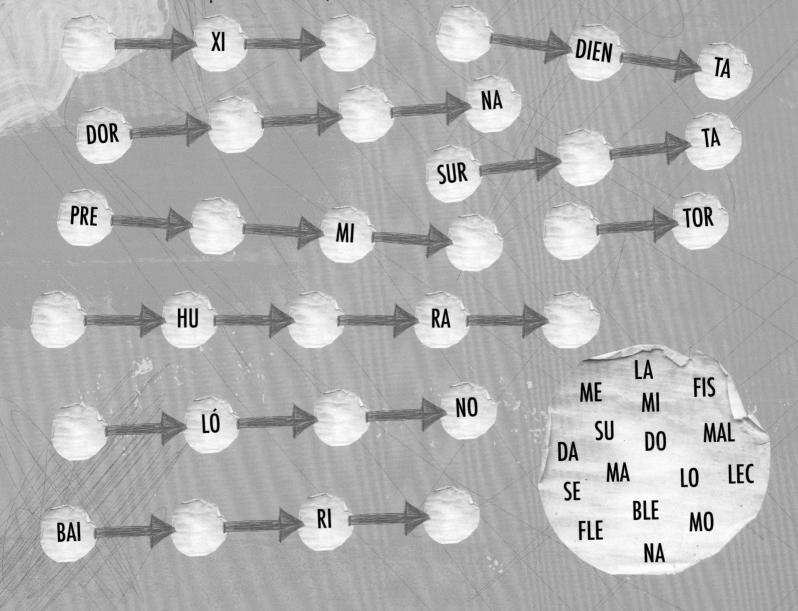

RODEADOS DE MONSTRUOS

Encuentra 15 casillas vacías que estén rodeadas por tres y solo tres monstruos.

CREANDO MONSTRUOS

Completa este puzle con las piezas correctas que encontrarás en esta página.
Presta mucha atención, no todas las piezas pertenecen a la escena.

EL LABERINTO DE LOS DROLLS

¿Puedes ayudar a Pant a encontrar la salida del laberinto? El camino no va a ser fácil, pues dentro se encontrará con los monstruos del país de los drolls.

Cada vez que encuentres un droll naranja, suma 20 puntos; para cada droll rojo, deberás restar 10 puntos. Anota en una hoja de papel los puntos que obtengas y empieza el camino. No pintes el libro, sigue el camino por el laberinto con el dedo.

¿Cuántos puntos ha conseguido Pant?

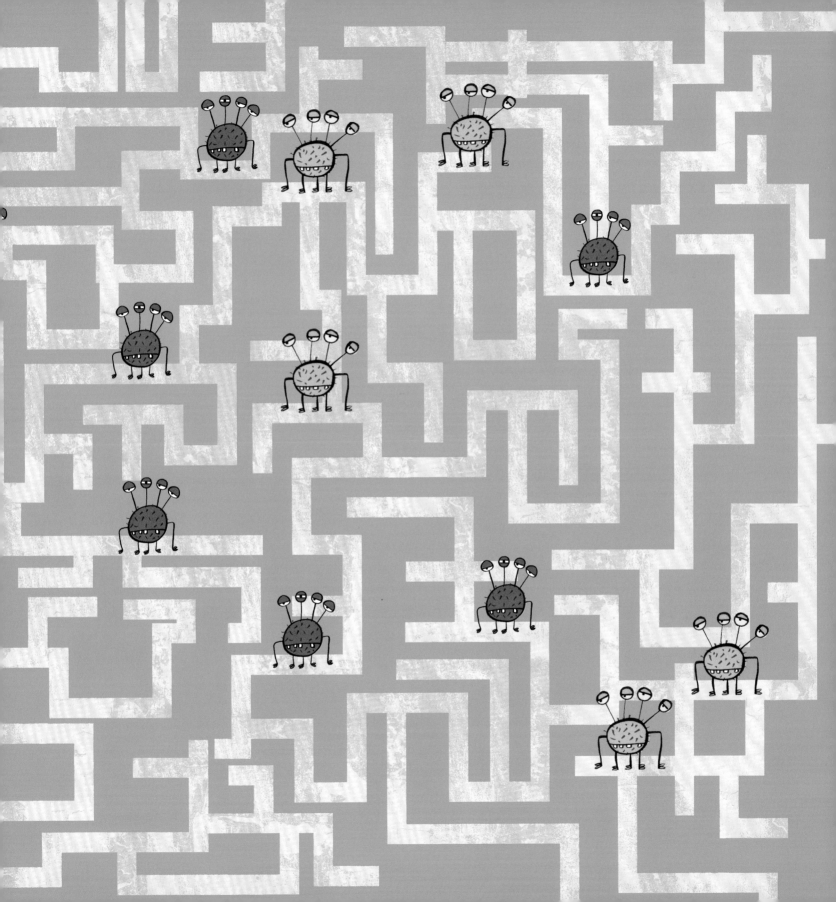

LA MONSTRU-TOLA

El refresco preferido de Elda es la Monstru-Tola. ¡Está buenísima!
No puede faltar en ninguna fiesta ni reunión.
Para encontrarla entre todas las bebidas, sigue estas pistas:

En la etiqueta hay dos consonantes.

La Monstru-Tola se presenta en botella.

El tapón es de color gris.

La botella no es naranja.

Las letras son azules.

MENÚ REPUGNANTE

¿Te atreverías a comer algunos de los manjares del restaurante de Lena?
¿Y a recordar este menú asquerosamente repugnante? Memoriza durante el tiempo
que creas necesario el menú de la izquierda. Después, tápalo
con una hoja de papel, lee el menú de la derecha
y di qué cosas han cambiado.

ENTRANTES
-Pastel frío de sesos de cordero con salsa de cobra
-Tallarines con tomate picante y guarnición de moscas
-Tomate con queso de cabra fermentado y ojos de cucarachas

SEGUNDOS PLATOS
-Ratalbóndigas con gelatina de grasa de vaca
-Brocheta de pollo, ratón y pimiento moruno
-Larvas fritas de Camboya con miel y boniatos

POSTRES
-Chocolate fermentado con fresas y pimienta
-Tortita rellena de insectos y salsa verde
-Dulce de huevo de pata con confitura de castaña

ENTRANTES
-Pastel frío de sesos de cordero con salsa de cobra
-Tallarines con tomate verde y guarnición de moscas
-Tomate con queso de cabra fermentado y ojos de araña

SEGUNDOS PLATOS
-Ratalbóndigas con gelatina de leche de vaca
-Brocheta de pollo, ratón y pimiento moruno
-Larvas rebozadas de Camboya con miel y boniatos

POSTRES
-Chocolate fermentado con fresas y pimienta
-Tortita rellena de insectos y salsa verde
-Dulce de huevo de pata con mermelada de castaña

EL MONSTRUO DE LA FRUTA

Lena te propone uno de sus postres favoritos.
¿Te atreves a prepararlo?

¿Qué necesitas?

- Sandía
- Plato
- Rotulador negro
- Cuchillo sin punta
- Pinchos de madera
- Vaciador de melón
- Frutas diversas (plátano, fresas, melocotón, kiwi, melón, uva, grosellas...)

1 En primer lugar, lava bien la sandía y, con un rotulador negro, dibújale una gran boca con forma dentada.

2 Pide a un adulto que corte con cuidado la boca de la sandía con un cuchillo de punta. Saca toda la pulpa que puedas con un vaciador de melón.

3

Pela las frutas y córtalas en forma de dados. Rellena la sandía con ellos. Reserva algunos trozos para los cuernos del monstruo.

4

Clava rodajas de fruta (kiwi, plátano, melón, fresa, uva...) en los pinchos de madera.

5

Haz los ojos con uvas y rodajas de plátanos. Con un racimo de grosellas, hazle un flequillo.

¡Qué monstruosidad de postre!

LÍOS MONSTRUOSOS

Elda, Bor, Glen, Pant y Ralf se reparten unas monedas así:

⦿ Glen tiene tantas monedas como la suma de todas las letras de los nombres de los monstruos que aparecen en el juego.

⦿ Bor tiene 10 monedas menos que Glen.

⦿ Elda tiene tantas monedas como Bor y Pant juntos.

⦿ Pant tiene tantas monedas como letras tiene el nombre de Ralf.

¿Cuántas monedas tiene cada uno?

RALF

BOR

GLEN

¿Eres capaz de resolver estos enredos entre monstruos de distintas familias? Tendrás que estrujarte las neuronas: los juegos son monstruosamente difíciles si no los lees con calma y luego razonas.

VIK

- Sun tiene 10 años menos que su tío Vik.

- Ralf tiene tantos años como Sun y Vik juntos.

- Entre los tres suman 60 años.

¿Qué edad tiene cada uno?

SUN

PANT

ELDA

EL HOGAR DE LOS MONSTRUOS

Las tres familias de monstruos pasan los ratos de descanso en casa, cada una en su sala de estar. Todas las salas son distintas, pero en las tres hay seis objetos que se repiten. ¿Sabrías encontrarlos?

MODA PARA MONSTRUOS

Relaciona cada pieza de ropa y complemento con el monstruo que corresponda. Deberás usar las pistas de esta página y también lo que recuerdes de sus aficiones y actividades preferidas.

UNA MONSTRUOSIDAD DE COJÍN

Para confeccionar este cojín necesitas la ayuda de un adulto.
Pide que te ayude a recortar las distintas piezas y que te enseñe
a hacer un punto básico de costura.

¿Qué necesitas?

- Tela estampada
- Tela lisa: amarilla y naranja
- Fieltro liso: blanco, azul y verde
- Hilo de coser y aguja
- Tijeras de coser
- Guata de relleno
- Lápiz grueso
- Alfileres
- Lana gruesa y aguja de lana

1 Corta dos cuadrados de tela estampada de 48 x 48 cm. Si lo necesitas, dibújalos antes con lápiz por el dorso de la tela. Luego, dibuja la forma de los ojos del monstruo con fieltro de colores. Recórtalos.

2

Une las dos piezas del cojín con alfileres. Al unirlas, deben estar en contacto por el lado derecho de la tela. Cose puntadas pequeñas alrededor de tres lados del cuadrado. Debes dejar un lado sin coser.

3

Una vez que hayas terminado de coser, dale la vuelta y pega las distintas piezas de los ojos con pegamento textil. Espera a que se sequen.

4

A continuación, dibuja las dos patas, o sea, cuatro piezas como las del dibujo. Una puede ser más larga que la otra (20 cm y 26 cm) y de distintos colores. Recórtalas.

5

Igual que has hecho con el cojín, une las patas de tal modo que estén en contacto por el lado derecho de la tela y haz un reborde por el contorno. Deja sin coser la parte de arriba.

6

Rellena las patas con guata. Cose las patas al lado del cojín que no está cosido.

7

Rellena el cojín con guata por el lado que no está cosido. Procura que la guata no quede muy apretada. Para finalizar, cose el lado abierto del cojín.

Recorta distintos trozos de lana gruesa, de entre 16 y 30 cm de largo, para hacer el cabello del monstruo. Enhébralos en una aguja de lana y clávalos en la parte superior del cojín.

9

Fíjate en el dibujo para ver cómo debes sujetarlos.

¿Te gusta tu monstruo-cojín?

JUEGO MONSTRUOSO

En sus momentos de ocio, nuestros amigos los monstruos se divierten con juegos de ingenio. Este es uno de ellos. ¿Quieres jugar?

¿Qué columna hay que eliminar para que haya cuatro platos y bebida de cada?

LOS BUENOS HÁBITOS

¿Quieres convertirte en un monstruo perfecto? Aquí tienes el secreto, sigue al pie de la letra los modales de estos montruos y lo conseguirás. Si por el contrario quieres apartarte de sus malos hábitos, encuentra dos buenos consejos que te salvarán.

Bebe el agua más podrida y llena de gérmenes que encuentres.

Come con la boca abierta, habla mientras comes y mastica ruidosamente.

Después de sentarte en la mesa, tira la servilleta al suelo y chúpate los dedos para limpiarlos.

La higiene dental es muy importantante: no olvides lavarte los dientes tres veces al día.

Aprende a cocinar ojos de rana con moho y tropezones de araña peluda, salsa de gusanos sobre lecho de saltamontes crujientes y setas venenosas.

Acostúmbrate a recoger la mesa al acabar de comer.

Deja que las cucarachas invadan tu habitación. Lo conseguirás si no la limpias en seis meses.

No se te ocurra ponerte apestosa colonia.

Enmaraña tu melena y prueba a no lavarla en un año.

No te cortes jamás las uñas de los pies ni de las manos, te serán útiles para limpiarte la cera de las orejas.

Siempre que tengas invitados, ofréceles una retahíla de pedos apestosos a modo de bienvenida.

Pulveriza tu casa a diario con caldo de col hervida, mezclado con un poco de estiércol: un olor apestoso te acompañará siempre.

Vístete con ropa arrugada y llena de agujeros.

pedo

BUSCATIRAS TERRIBLE

Localiza estas tiras monstruosas en la cuadrícula de la derecha. Verás que hay tiras verticales y horizontales, pero también hay dos que no están en la cuadrícula. Fíjate bien. ¡Que no te engañen los monstruos!

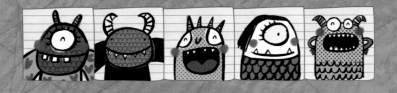

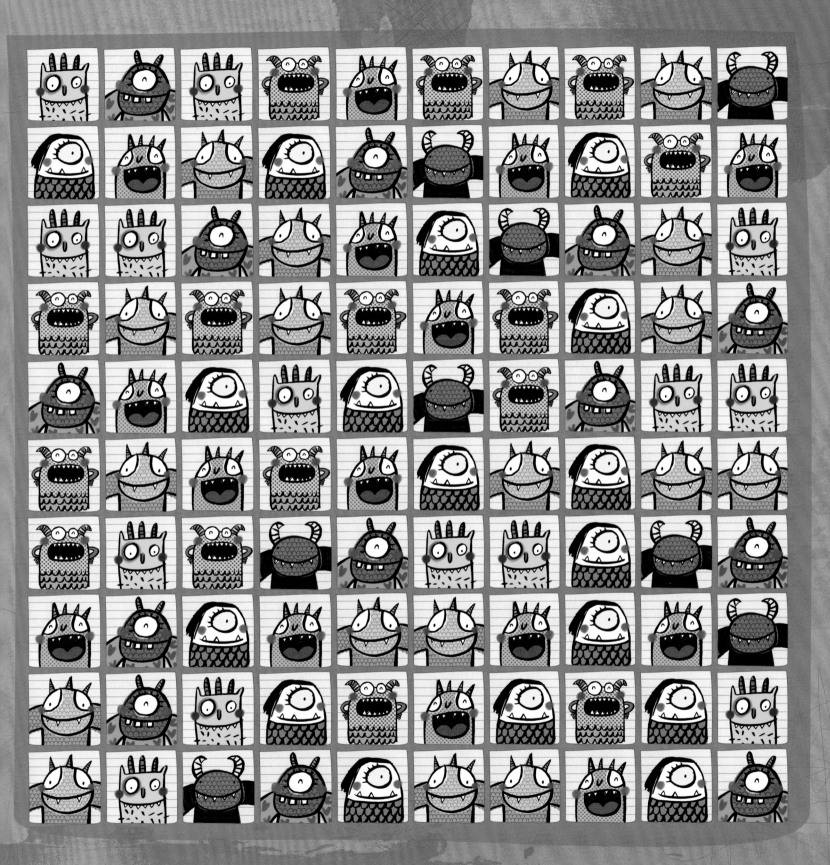

HUMOR DE MONSTRUOS

UNAS SOMBRAS DE MIEDO

No te asustes, solo son sombras. ¿Sabrías descubrir a quienes corresponden estas cuatro sombras?

DE COMPRAS...

Lena, Pant y Elda, como buenas amigas, fueron de compras juntas. Cada una compró una prenda distinta y de un color diferente. A partir de las pistas que te damos, ¿puedes deducir qué compró cada una? Ralf las acompañó y también se compró una prenda.

Lena compró un pantalón. Nunca ha llevado faldas.

Una de ellas compró una blusa; otra, una prenda negra.

El acompañante se compró una camiseta.

Alguien compró un sombrero verde.

Pant compró una prenda azul. Otro compró una prenda blanca.

Fíjate en este cuadro. Te servirá de pista.

	PRENDA	COLOR
LENA	Pantalón	
PANT		Azul
ELDA		Verde
RALF	Camiseta	

MONSTRUOFASHION

Nuestros amigos monstruos se han vestido a la moda. Obsérvalos bien durante un minuto. Después, gira la página y adivina qué vestidos o complementos han cambiado.

¿Qué vestidos o complementos han cambiado?
No vuelvas a girar la página. ¡Usa tu memoria!

CADÁVER EXQUISITO

En sus ratos libres, los monstruos se entretienen con distintos juegos. Este es uno de los más divertidos. Juegan entre tres a crear dibujos montruosísimos. ¡Sigue estos pasos y te divertirás como un monstruo!

¿Te atreves a ponerle nombre?

El primer jugador dibujará la cabeza de un monstruo en el tercio superior de la hoja y la doblará hacia atrás procurando que nadie lo vea. A continuación, trazará en el siguiente tercio de papel varias rayitas para indicar el cuello.

El siguiente jugador deberá dibujar el tronco sin saber qué hay dibujado arriba. Cuando termine, doblará el papel y marcará el final de su dibujo con varias rayitas.

El tercero tiene que dibujar las piernas. Una vez que haya terminado, podréis desplegar el papel y ver el dibujo resultante.

AL OTRO LADO DEL ESPEJO

Observa bien a Elda, ¡es muy presumida! Fíjate en todos los complementos que lleva y en los detalles del espejo. A continuación, ve a la página siguiente.

Busca entre estas cuatro imágenes la que corresponde a la imagen anterior.
Ya sabes, debes fijarte en los complementos de Elda y los detalles del espejo,
y tener en cuenta la simetría de la imagen.

¡QUÉ MONSTRUOSIDAD DE CAMISETA!

¿Qué necesitas?

- Una camiseta
- Botones
- Tijeras
- Plancha
- Lápiz blanco
- Lápiz normal
- Aguja e hilo de bordar
- Tela negra, roja y blanca
- Entretela o fliselina adherente
- Pintura o rotulador blanco para tela

¿Quieres personalizar una camiseta para acercarte a la moda monstruosa? Sun te va ayudar. Sigue los pasos que hay a continuación ¡y verás!

1

Escoge una camiseta lisa que tengas en casa.

Dibuja una boca bien grande
en la tela de color negro
y también dos ojos
en la tela blanca.
Fíjate en el dibujo.

Con la ayuda de la
plancha y de un adulto,
pega las tres piezas a
la entretela adherente
o fliselina, por el lado
que no tiene papel.
Deja que se enfríe y, a
continuación, recórtalo.

Para el siguiente paso también
necesitas la ayuda de un adulto:
pega la boca y los ojos a
la camiseta con la plancha.
El calor hará que se peguen bien.

Dibuja ahora una lengua larga
en la tela roja y recórtala.
Ponla encima de la boca. Con
el hilo de bordar, cose puntadas
pequeñas alrededor de todo
el contorno de la boca.

6

Con la pintura o el rotulador textil, dibuja unos dientes puntiagudos en las partes superior e inferior de la boca. Fíjate en el dibujo.

7

Cose los dos botones encima de los ojos para simular las pupilas.

Ya tienes tu camiseta monstruosa. ¡Lúcela!

MASCOTAS PARA MONSTRUOS

Hoy las mascotas de Pant, Vik y Ralf han participado en una exhibición. ¿Qué camino debe seguir cada uno de ellos para recogerlas y cuál es la mascota de cada uno? Solo pueden pasar por los caminos del parque para no pisar ninguna zona verde.

Atiende a las siguientes pistas:

- Vik accede al parque por una puerta que se encuentra cerca de una papelera y unas flores rojas, sigue hasta un banco y sube una cuesta hasta recoger a su mascota.

- La mascota de Pant tiene una parte del cuerpo de color verde.

- Ralf entra por un camino que está entre unas flores azules y un árbol. Pasa por delante de un tobogán hasta llegar a la exhibición.

- Pant entra por la zona Norte, cerca de una fuente. Le gustan los columpios y ha hecho el camino más corto.

- La mascota de Vik tiene plumas. La de Ralf no tiene plumas pero tiene alas.

TIEMPO DE OCIO

Cuando llega el fin de semana, Bor, Jup, Ralf, Glen y Lena se reúnen para jugar a los bolos.

La puntuación de cada lata equivale a la suma de puntos de las dos latas sobre la que está colocada. Cada lata vale, al menos, 1 punto.

Busca las puntuaciones que faltan y calcula el total que obtendrá quien consiga derribar todas las latas.

También les gusta jugar al dominó.
¿Te atreves tú con este juego?

Completa los espacios vacíos con las fichas que hay a la derecha, de tal manera que los lados de las fichas que se tocan tengan el mismo número de puntos.

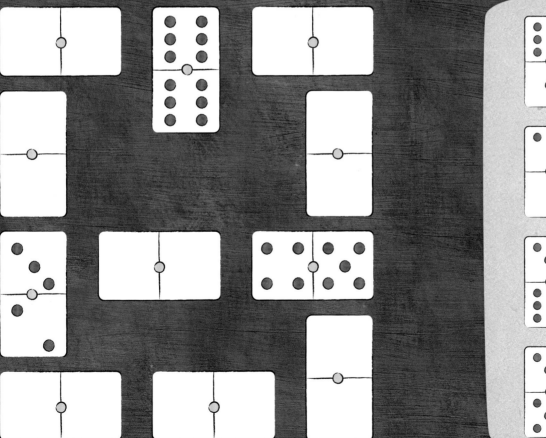

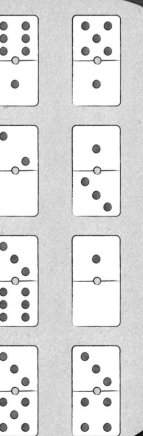

En sus ratos libres les gusta también jugar a cartas. A veces, se inventan juegos, aquí hay uno. ¿Sabes resolverlo?

Si cada trébol es reemplazado por dos corazones y las figuras negras se pintasen de rojo, ¿cuántos corazones rojos habría?

DONDE VIVEN LOS MONSTRUOS

Para finalizar, te invitamos a visitar la ciudad de los monstruos y a buscar un montón de cosas.

¿Cuántos refrescos se ha tomado Elda?

Señala todos los monstruos que llevan sombrero.

¿Dónde está cantando Glen?

En la cocina de Lena ¿hay 7, 8 o 9 cacerolas?

¿Con qué sueña Pant?

¿Encuentras el libro ilustrado de Bor?

¿Cuántos pescados se ha comido Jup? ¿Tres o cuatro?

Busca un bicho que trepa por la fachada de una casa.

Busca el monstruo que tiene tres cuernos.

Busca unos calcetines.

¿Todas las casas están encima de árboles?

Encuentra en poco tiempo el pájaro de dos cabezas.

¿QUIÉN ES QUIÉN?

MUTACIÓN MONSTRUOSA

CALIFICATIVOS MONSTRUOSOS

- LECTOR
- DORMILONA
- SEDIENTA
- PRESUMIDA
- SURFISTA
- FLEXIBLE
- MALHUMORADO
- MELÓMANO
- BAILARINA

RODEADOS DE MONSTRUOS

CREANDO MONSTRUOS

EL LABERINTO DE LOS DROLLS

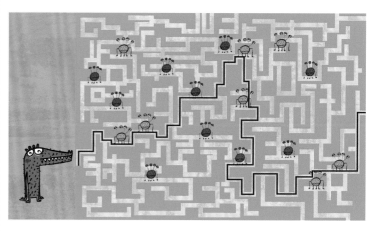

LA MONSTRU-TOLA

Puntuación:

20 + 20 - 10 + 20 + 20 - 10 + 20 = 80 puntos

MENÚ REPUGNANTE

ENTRANTES
- Tallarines con tomate (picante) y guarnición de moscas
- Tomate con queso de cabra fermentado y ojos de (cucarachas)

SEGUNDOS PLATOS
- Ratalbóndigas con gelatina de (grasa) de vaca
- Larvas (fritas) de Camboya con miel y boniatos

POSTRES
- Dulce de huevo de pata con (confitura) de castaña

ENTRANTES
- Tallarines con tomate (verde) y guarnición de moscas
- Tomate con queso de cabra fermentado y ojos de (araña)

SEGUNDOS PLATOS
- Ratalbóndigas con gelatina de (leche) de vaca
- Larvas (rebozadas) de Camboya con miel y boniatos

POSTRES
- Dulce de huevo de pata con (mermelada) de castaña

LÍOS MONSTRUOSOS

Glen tiene 19 monedas. Bor tiene 9 monedas.

Elda tiene 13 monedas. Pant tiene 4.

Vik tiene 20 años. Sun 10 años.

Ralf tiene 30 años.

JUEGO MONSTRUOSO

El grupo que sobra es el seis, para que haya cuatro platos y bebida de cada.

EL HOGAR DE LOS MONSTRUOS

LOS BUENOS HÁBITOS

La higiene dental es muy importantante: no olvides lavarte los dientes tres veces al día.

Acostúmbrate a recoger la mesa al acabar de comer.

BUSCATIRAS TERRIBLE

Faltarán estas dos tiras de monstruos:

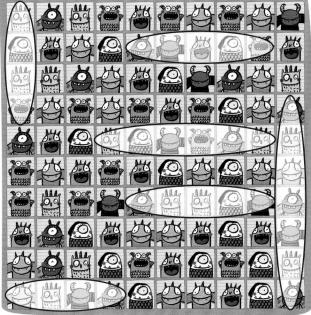

MODA PARA MONSTRUOS

UNAS SOMBRAS DE MIEDO

MONSTRUOFASHION

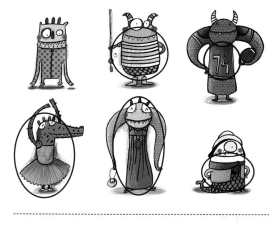

DE COMPRAS...

	PRENDA	COLOR
LENA	Pantalón	Negro
PANT	Blusa	Azul
ELDA	Sombrero	Verde
RALF	Camiseta	Blanca

AL OTRO LADO DEL ESPEJO

MASCOTAS PARA MONSTRUOS

TIEMPO DE OCIO

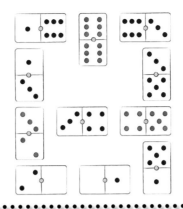

Habría 9 corazones rojos.

DONDE VIVEN LOS MONSTRUOS

¿Cuántos pescados se ha comido Jup? ¿Tres o cuatro? ④

¿Dónde está cantando Glen?

Señala todos los monstruos que llevan sombrero.

Encuentra en poco tiempo el pájaro de dos cabezas.

¿Cuántos refrescos se ha tomado Elda? ③

¿Con qué sueña Pant?

¿Encuentras el libro ilustrado de Bor?

Busca unos calcetines.

En la cocina de Lena ¿hay 7, 8 o 9 cacerolas? ⑦

Busca el monstruo que tiene tres cuernos.

Busca un bicho que trepa por la fachada de una casa.

¿Todas las casas están encima de árboles? No

© 2015, Àngels Navarro por la idea,
el contenido y la dirección de arte
© 2015, Eva Sans por las ilustraciones
Diseño y maquetación: Núria Altamirano
© 2015, de esta edición, Combel Editorial, SA
Casp, 79 – 08013 Barcelona
Tel. 902 107 007
combeleditorial.com

Primera edición: septiembre de 2015
ISBN: 978-84-9101-003-6
Depósito legal: B-17756-2015
Printed in Spain
Impreso en Indice, SL
Fluvià, 81-87 – 08019 Barcelona